ODETE INVENTA O MAR

Coleção Paralelos
Dirigida por J. Guinsburg

Equipe de realização

Edição de texto: Lilian Miyoko Kumai
Revisão: Marcio Honorio de Godoy
Capa e projeto gráfico: Sergio Kon
Produção: Ricardo W. Neves e Raquel Fernandes Abranches

Dados Internacionais de Catalogação
na Publicação (CIP)
(Câmara Brasileira do Livro, SP, Brasil)

Azevedo, Sônia Machado de
    Odete inventa o mar / Sônia Machado
de Azevedo. – São Paulo : Perspectiva, 2007.
– (Paralelos ; 24)

ISBN 978-85-273-0789-5

1. Ficção brasileira I. Título. II. Série.

07-2476	CDD-869.93

Índices para catálogo sistemático:

1. Ficção : Literatura brasileira   869.93

Direitos reservados à

EDITORA PERSPECTIVA S.A.

Av. Brigadeiro Luís Antônio, 3025
01401-000 São Paulo SP Brasil
telefax: (11) 3885-8388
www.editoraperspectiva.com.br

2007

ODETE INVENTA O MAR

Sônia Machado de Azevedo

para gilda, no tempo das lembranças

El silencio

Oye, hijo mío, el silencio.
Es un silencio ondulado,
un silencio,
dondo resbalan valles y ecos
y que inclina las frentes hacia el suelo

[FEDERICO GARCIA LORCA]

embora os dias fossem tristes amanhecia e anoitecia normalmente
e esses dias e noites que nada sabiam de nós eram tépidos
mornos leves pesados de água envoltos na mais cerrada
neblina
eram dias e noites em que se podia viver
eram tempos de se ignorar a morte

menos para nós

desde a entrada da casa vista do outro lado da rua mesmo
antes de se subir os degraus da varanda se avistava o clarão
trêmulo das velas que se sucediam sempre acesas fosse dia
fosse noite para espantar aquilo que não conseguiríamos
nunca esquecer
dias de luto eram aqueles que a memória preservou minuto a minuto em que se vivia num limite muito tênue entre
fantasia e verdade como quando começa a escurecer mas
o dia ainda segue ligeiro com seus afazeres como se não
pudesse se acabar
eram aqueles os dias que não chegaríamos a compreender
em todas as nossas vidas umas mais longas outras quem
sabe prestes a terminar aqueles de luto fechado posto que
ninguém morrera

o que havia se despedaçado como um pássaro numa vidraça de vidro fechada o que nos consumia era a falta dela

a falta dela
uma falta que não chegaríamos a entender que nada ninguém nos explicaria

Odete nos faltava com seu vestido comprido seu riso solto
suas correrias pela casa suas pernas musculosas fortes
seminua correndo com seus gritos espalhafatos gargalhadas
com suas bonecas penduradas pelos cabelos por suas tranças rabos-de-cavalo toalhas sacudidas ao vento inútil da
tarde folhas secas poeira que se erguia dos beirais cheiro
de terra molhada quando no jardim alguém regava
com seus pés amassando a lama do quintal
com suas folhas de poesia espalhadas pela mesa de jantar
pelo toucador esquecidas na beirada da banheira deixadas
entre as achas de lenha perto do fogão preenchidas todas
com sua letra redonda de colégio interno no entanto inconfundível
a mais inteligente de nós todos a que sempre sabia palavras
novas para nomear as coisas que apontávamos a que sabia
combinar palavras que acabara de inventar com outras
muito antigas que desconhecíamos a que não se cansava

de rir de nós de nossas caras abobalhadas nunca entendendo tudo que ela fazia

Odete deixara com sua súbita partida um silêncio que se
fazia crescer demais que chegava a rasgar o barulho das
ondas como se estourassem tudo ondas neblina silêncio
por dentro de todos os cômodos da casa resvalassem pelos
batentes escuros das portas subissem pelas pontas verdes
dos coqueiros pelas arestas duras das pedras

silêncio de palavras ditas silêncio das que não mais escreve-
ria silêncio dos não cantos que nos seguiam como fantasmas
das não gargalhadas e dos sustos esquecidos de assustar

ela nascia devagar entre nós como em um doloroso nunca
mais que se cria no ar quando se diz nunca mais nunca
mais nunca mais quando se grita para que muito longe se
escute nunca mais

no entanto ela nascia em cada janela em cada flor no
gramado na areia da praia em cada onda pequena que se
levantava Odete nascia com seus cabelos revoltos seus vestidos rodados leves coloridos como se fosse a única entre
nós incapaz de morrer

e o seria no fundo bem lá no denso fundo das coisas que
não podemos entender nem ninguém

como algo que não conhecíamos bem que tivesse vivido
anos entre nós mas que tivesse se rompido de repente

às vezes alguém encontrava os grampos que escorregaram dos seus cabelos lisos na partida uma fita um pedaço de renda um elástico grosso de fazer rabo que se deixaram ficaram escondidos para depois aparecer desse modo imprevisto que um grampo um elástico podem cair ao chão saltar de uma toalha dobrada de um papel amassado numa gaveta da escrivaninha

víamos aqui e ali esquecidos numa curva na quina de um corredor uma lembrança sua tachos cheios de folhas e pedras com seus pequenos desenhos sua letra regular seus corações que espalhava desenvoltos entre uma página e outra vermelhos outros nem tanto cor-de-rosa claros claríssimos quase que não podíamos enxergar

ainda não sabíamos naqueles dias e noites de luto que isso seria assim para sempre não tínhamos percebido que as manhãs permaneceriam sem ela e também os almoços de domingo as tardes modorrentas sentados à sombra dos coqueiros ouvindo o mar que se eternizava monótono sem fim

que nas calçadas de areia vindos da praia não nos ocorreria mais cruzar com ela correndo sôfrega com seus pés descalços para o mar chegada da escola muito rápida como se as horas fossem se acabar e ela soubesse disso como se fugisse célere de seu futuro desditoso buscando abrigo não saberíamos nunca aonde entre águas e espuma aprendendo a

remar cedo contornando solitária a Ilha Porchat em nosso
pequeno barco oculta dos nossos olhos muito e sempre
fugindo de casa mal o dia clareava
que iríamos num futuro muito próximo para a praia car-
regando como um fardo a dura ausência dela que nunca
mais nossos olhos acompanhariam seu vulto ágil sumindo
e surgindo entre as ondas sempre nadando melhor que
todas nós fingindo que se afogava desaparecendo por um
tempo infinitamente longo longo demais para ser humano
depois entre gargalhadas que eram uma mistura de sopro
e desabafo quase que se afogando de tanto rir de nós todas
engolindo água e engasgando
quase morrendo entre as ondas
porque Odete era um peixe muito tempo depois iríamos
algumas de nós descobrir um peixe ela brincava um peixe
de escamas azuis e súbitas é o que sou súbitas ela dizia rindo com seus dentes muito brancos todos lindos alinhados
um peixe que se atreve súbitas subitamente súbita
sim era o que ela era quando íamos à praia um peixe de
escamas súbitas e azuis todo liso entre o ar e a água num
espaço que era água e ar ao mesmo tempo nesse espaço
de se ser uma outra coisa em que o ar era tão úmido e
molhado que seria quase água e a água essa se levantava
pensando ser leve mais que o ar e flutuava daqui e de lá
que se tornava mesmo um ar muito molhado quase líquido

um ar visível e volumoso que o vento jogava daqui e dali
que se via à distância

muitos verões depois pensaríamos que ela seria também
borboletas entre as folhas ou pássaros que migram de lugares pesados de gelo que poderia ter virado talvez uma
andorinha entre outras flutuando no ar deixando-se levar
pelos ventos

quem conseguiria explicar? as coisas entre nós eram assim
essa mistura de sei e não consigo esses tempos longos que
se firmam quando não se consegue palavras muito menos
frases para dizer alguma coisa que não cabe em nenhuma
palavra conhecida em nenhum som

ser gente parecia então tão pequeno para ela apenas um
disfarce para todas as outras vidas que ela levava escondidas
vidas que ela vivia em segredo enquanto nós dormíamos
escolhíamos um novo vestido espiávamos Ana preparando
o jantar esperávamos impacientes a hora da sobremesa

ser gente como um disfarce

talvez que enquanto dormíssemos ela estivesse nadando
sem cansaço ao redor de ilhas distantes que não conheceríamos em sua vida de peixe ou vivesse uma passageira
vida de concha ou fosse uma gaivota repousando faceira
em seu ninho nossa menina Odete pequenina de tanta

delicadeza poderia sempre a qualquer hora voar ser qualquer outro ser que não ela mesma
temíamos que nunca fizera isso e se fizera não contara para não nos deixar invejosas das coisas que podia fazer parecendo uma como nós apenas humana e sozinha sendo no entanto muito mais diversos seres incompreensíveis

Ondina apanhou mais um pé de alface da sua enorme horta e o colocou na cesta de vime depois empinou a barriga de nove meses vasculhando o horizonte com seus olhos escuros mais tarde à noitinha com certeza choveria

talvez remasse no ar azul encantada por poder morrer menina desejando mesmo morrer menina sem de fato ter morrido quem sabe gostasse desse mundo limite que passara a habitar entre dunas pontes nuvens cor de chocolate sem nenhum cheiro de chuva
talvez depois de ter sondado o mundo como então o conhecemos tivesse decidido ser uma outra sem contas a pagar papéis aborrecimentos que dia a dia acumulamos roubando as horas de realmente viver sem saber houvesse desejado ultrapassar o limite entre o que se é e os outros tantos outros pensamentos além do ser e do não ser
mas quem sabe não nada disso tivesse partido só sem nenhum aconchego para lugares feios diferentes em tudo de

nossa casa para uma vida para a qual não de fato não se preparara então se não poderíamos saber seu único e verdadeiro destino se nem podíamos perguntar

Odete não anoiteceria como nós percorreria branca e intensa mundos paralelos vertiginosos noites prolongadas em que os dias nunca raiavam chuvas por anos e anos a fio o mais incandescente verão como janelas abertas nas noites imensas estreladas irrepetíveis mormaços qualquer coisa dessas inventadas ela teria quem saberá imaginado uma vida para si inteiramente livre das amarras que todos conhecemos vida de nudez e banhos de mar e chuva

vida de nunca crescer tornar-se adulta sofrer de tédio e imprecisão

uma vida só dela que a nós jamais ocorreria viver

branca inteira com seus enormes olhos de ver mundo mar formigas desses modos abrangentes temíveis com que olhava as coisas encantada desde muito pequenina ela seguiria intacta sem ao menos resvalar na insipidez das coisas

olhos de arranhar o mundo olhos que entorpeciam as coisas vistas apanhavam em si mesmos os recortes das paisagens as vidas reduzidas a vida inexistente das rachaduras de velhas paredes a cor dos casulos de borboletas feito galhos tortos ninhos de velhas pombas presas nos seus gritos nunca saberíamos se de felicidade ou agonia ela gritara tanto enquanto a conhecíamos tão perto

cismávamos sem poder perguntar se teria ela tido tempo
de levar seu pequeno estojo de maquiagem nessa longa
travessia para onde quer que tenha ido tempo de levar seu
batom cor-de-rosa seu pó de arroz para sua pele clara quase
transparência se ela teria tido tempo de levar seus primeiros vestidos de mocinha mais longos que os nossos mais
discretos e femininos já seus brincos seu colar de pérolas
seu único sapato de salto que fazia o inesquecível som para
nós meninas nas tábuas corridas da casa nas escadarias suas
luvas brancas seus sapatos pretos de verniz seu chapéu de
flores levemente coloridas

se terias tido tempo de pegar tuas bonecas todas elas se
teriam te deixado levá-las se terias conseguido carregá-las
uma a uma se terias guardado seus pequenos soutiens para te
lembrares dos teus quinze anos se tivestes tempos para ar-
rumar sua arca com tudo que amavas tanto
depois disso que não conseguimos te perguntar posto que
ninguém te acompanhou cai o silêncio sobre essa tua vida
e continuamos dia a dia como se nunca houvesses existido
entre nós com teu rosto rosado teu sono intranqüilo suas
noites passadas em claro desenhando escrevendo olhando-
nos de muito longe como se estivesses em outros planetas
rosto de velhos camafeus que minha mãe guardou por tantos
e tantos anos antes de morrer camisolas de flanela tuas

amareladas pelo passar dos dias outras de renda blusas de tricô feitas à mão em noites de pesadelo que não tinham fim
teu quarto sempre à espera de que voltasses teu quarto inteiro preparado com o tapete as cortinas sempre ao vento
como querias quando ainda existias entre nós que o som
dos macacos fugidos da mata invadia
as janelas com as cortinas que dançavam com a brisa que a
maresia soprava que deixavam entrar no verão os bichos de
luz que antes protegias da luz dos abajures e do calor dos
candeeiros os iças invadindo móveis e a escuridão debaixo
da tua cama construindo seus ninhos onde as aranhas pensavam construir suas teias

mas Ana a tudo espantava como se tivesses ido dar uma
volta de bicicleta ao redor do quarteirão e pudesses entrar
repentinamente jogando suas coisas espalhando roupas
pelo quarto cantando uma canção acabada de criar cheia
de sons que nunca havíamos ouvido uma canção que era
cor e presente ao mesmo tempo uma canção que trans-
parecia no ar como se um dia a felicidade pudesse virar
matéria coisa a ser vista pensada pressentida
mais que tudo isso junto
tocada
dormir sem ti almoçar o café da manhã as broas de fubá
o mingau de maizena nada tinha graça sem teu olhar se

derramando sobre o pote de canela o mel um olhar maroto de quem não podia esperar ser servida

dormir sem ti crescer sem ti aguardar a primeira festa sem saber o que dirias dos nossos vestidos que comentários inevitavelmente farias sem os palpites que claro darias sobre tudo sobre todas sobre os namorados de cada uma de nós três as piadas que farias as bobagens que dirias a nós que diríamos quase juntas teu nome fingindo surpresa

viver cada dia nesse ermo que deixastes ao partir sem ouvir falar de ti sabendo que isso era o pior que vivias em algum local longe de nós que não voltarias nunca que estavas confinada a ti mesma presa quem sabe à memória de nós

sem saber se haviam te deixado só e para que se sorrias se conseguias enxergar um trecho de mar se podias correr nadar fazer todas as coisas que antes que sim que sempre

afinal aonde Odete estavas durante o tempo em que crescíamos e nos lembrávamos cada vez menos do resto que íamos perdendo e mais especialmente mais de ti?

sem saber se havias crescido mais um pouco no fim da tua adolescência sem fim sem podermos nos comparar a ti nós se alguma de nós teria ficado ainda mais alta do que já eras quando desaparecestes que já havíamos nos tornado mulheres que ostentávamos cada uma de nós nossos seios nossos cabelos longos nossos saltos altos anunciando

nossos passos corredores afora tentando imitar o cantado
inesquecível dos teus próprios passos de quando existias
entre nós
depois nossos primeiros beijos nossos casamentos nossos
filhos nossas vidas que se seguiam como vidas que se vive
tanta coisa se passou sem que tua presença fosse carnal
verdadeira tanta coisa com essa ausência dolorida que nos
impuseste sem que conseguíssemos descobrir o motivo

simplesmente seguimos vivendo sabendo que continuavas
a existir em algum lugar que não conhecíamos e que talvez nunca mais pudéssemos te encontrar

deve ter sido no outono que a levaram sim porque por entre nossas lembranças daquela época há o vento noroeste
balançando as cortinas jogando os lençóis do varal para
desespero de Ana sacudindo a copa dos coqueiros levando
as flores do jasmim em corrupios pelo ar
o vento e um tremor inevitável quando do bater de portas
e janelas que se abriam de par em par ou se fechavam de
repente
há memórias de uma luz difusa diluindo o contorno gas-
to dos barcos ancorados na praia pequena e névoa sobre
o oceano uma perda de limites com o céu um estado de
torpor como entre o sonho e a vigília umas saudades sem

sossego de coisas que sequer aconteceram um receio de
perder o que ainda nem se tem
eram assim aqueles dias em que certo dia demos pela falta
dela
havia céus avermelhados e uma escuridão que demorava
muito a subir da linha do horizonte pois a noite demorava demais a chegar

é preciso relembrar voltar a formar o quadro da grande
cozinha clara o fogão de lenha a um canto de onde se avistava a enorme e envidraçada sala de jantar tão reluzente e
espaçosa
é preciso armar dentro de cada uma de nós esse cenário
antigo dessa vidraça enorme de uma parede de vidros pe-
queninos coloridos vitrais que Ana limpava trepada numa
escada e que o sol de outono embaçava deixava foscos e
sem transparência como se essa luminosidade baça que
formava sombras longas impossíveis não deixasse nada se
mostrar inteiramente previsse a cada hora um novo mis-
tério pressentisse a obscuridade presente nas lembranças
mais que na realidade
mas através de todos esses vidros agrupados nessas imensas
paredes que compunham nossa copa através deles adivinhávamos o jardim e logo mais a rua adivinhávamos cada
coisa como se fosse possível tocá-las

era exatamente assim o fogão a um canto perto da janela que dava para os fundos para as figueiras pois me lembro que antes de notar minha mãe chorando debruçada na mesa de mármore vi alguns figos no ponto de colher e ouvi o relógio antigo da sala de jantar dando as seis horas da tarde

bastava para isso que eu estendesse os braços se meus braços pudessem ultrapassar com delicadeza os vidros das janelas pegar o figo tingido de roxo enorme amaciado pela chuva e pelo sol

minha mãe chorava sem nenhum som e não nos olhou quando entramos olhava a parede à sua frente e tinha as mãos lutando uma com a outra esmagando com força um lenço branco todo rendado ainda podemos hoje enxergar

muitos anos depois é que fui me lembrar o lenço era de Odete e ela o usava para embrulhar sua boneca mais querida a que andava sempre pelada a que tinha os cabelos cortados de um modo que sempre acháramos esquisito como se cortados à faca aquela na qual ela desenhara corpo afora casas e porões barcos e um pôr de sol inesquecível

naquela noite Ana nos levou para o banho em silêncio e comemos as três sozinhas na enorme sala ouvindo o vento lá fora percorrendo cada pedra cada vão enquanto os homens conversavam no escritório em voz baixa com meu pai

depois disso fomos levadas para o quarto e nos dias subse-
qüentes como que um olhar mais demorado nosso se vol-
tara para o céu para o sol para as árvores e para as pedras da
rua para as nuvens ondas rochas como se nos evitássemos
porque entre nós entre nossos olhos como que um susto
medonho percorria uma pungência que não queria nem
podia ter respostas nem nenhum momento de tranqüili-
dade todo o tempo imaginando onde estaria nossa irmã o
que estariam fazendo quem estaria com ela?
ela que era ainda tão menina para restar sozinha de todos
que ela amava
ela que ainda era

enfim ela se fora de modo definitivo foi o que em comum
acordo decidimos e então passamos a inventar hora a hora
dia a dia uma vida para ela longe de nós dessa casa de longas varandas salas tranqüilas ensombrados quartos cheios
de sol peixe assado pudins sucos de maracujá bem doces
uma vida que transcorresse em paragens em tudo diversas
sem o ir e vir do mar nos cascos do barco que ela gostava
tanto sem a visão dos mariscos nascendo e crescendo gru-
dados nas pedras de onde batia a maré sem peixes tentando
se safar das redes nem siris sem borboletas azuis pousando
nas hortênsias confundindo nossos saberes de flores e borboletas

era urgente que inventássemos sua nova morada que estabelecêssemos um lugar uma paisagem para ser vista por ela de sua nova janela pois o vento noroeste era então mesmo o outono fazia chover folhas pequenas entre o gramado mais alto tecendo largos tapetes rosa-chá o rosa mais forte dos ipês floridos e assim nos lembrávamos dela pendurada nos galhos altos desafiando a chegada da noite embrenhando-se sorrateira na escuridão deixando-nos aflitas à sua procura

não haveria mais gritos nem alegria entre as paredes de cada um dos quartos da casa neles se estabelecera a ausência dela como que se de entre a saudade e o medo pudesse nascer uma falta que não era o contrário da presença era uma falta consentida de sua inexistência entre nós um pacto que todos estabelecêramos de que ela não poderia mais viver ali em meio àqueles móveis entre as plantas daquele jardim não pudesse mais brincar de se esconder no sótão nem remexer as antigas arcas do porão nem grunhir baixinho imitando fantasmas escondida debaixo das mesas quando ainda Ana não havia acendido as luzes

naquela manhã que se seguiu à sua partida nosso pai amanheceu vestido de luto e nunca mais tirou seu chapéu preto nem deixou de levar seu guarda-chuva quando caminhava célere ao encontro dos bondes que o levariam ao centro

de Santos à Bolsa ao Café Paulista tornando-se taciturno
quieto para os muitos anos em que ainda viveria
e foram realmente muitos anos décadas até morrer anos
de poucos sorrisos que eram todos reconhecíamos sorrisos
tristes para disfarçar a dor
e mesmo com a chegada de netos incontáveis permaneceu
lembrando com uma nitidez crescente dela muito mais
do que de nenhum de seus outros tantos filhos preocu-
pando-se para que nunca nada lhe faltasse onde quer que
ela estivesse pensando nela ao sentir o cheiro das broas de
fubá ao ver enrolar os doces para cada uma das festas de
aniversário de seus outros onze filhos em cada dia santo
passagem de ano em todos os dias de sua longa vida essa foi
a que mais de perto acompanhou
nossa mãe deixou-se ficar com suas rendas seus bordados
seus livros que jamais terminava de ler suas pinturas ina-
cabadas e por detrás das grossas portas de quartos e saletas
onde se escondia de nós podíamos ouvir seus soluços aba-
fados entre as dobras dos xales dos lenços
não sei porque é que sabíamos que jamais deveríamos falar
nela
dizer em voz alta seu nome comentar o acontecido perguntar seu paradeiro chorar sua falta claramente
mas mesmo assim a criávamos e a tornávamos uma presença ardente e completa que nos observava na volta da

escola que nos espiava na banheira enquanto tomávamos nossos banhos da noite nos espreitava enquanto fazíamos nossas lições deitava conosco com sua camisola de algodão quando assustadas precisávamos nos deitar assistia sorrindo o nosso sono sem nunca mais precisar dormir espalhando sua figura em cada um dos cômodos da casa surgindo com seus longos cabelos soltos em cada uma de todas as tantas janelas olhando ao longe e dentro de nós e de tudo com aquele olhar que só a ela pertencia

um olhar que jamais desistia de enxergar mesmo longe talvez mesmo depois de morta verdadeiramente morta

isso tudo só nos fez mais e mais trazê-la para perto de nós mais do que sempre estivera em nossa rotina de antigamente enquanto deixamos que ela nos olhe enquanto envelhece dentro de nós e nós envelhecemos todas cada uma a sua maneira às vezes nos encontrando às vezes passando meses sem usar nem o telefone para nos perguntar-nos umas às outras como vamos vivendo nossas vidas

e quando uma de nós fala o nome dela ainda agora passados mais de cinqüenta anos em que a sabemos viva vivendo em algum lugar que desconhecemos há como que uma desconfiança de que tenha realmente existido essa irmã mais velha que exista ainda tão separada de nós como um fantasma ardente a chama de uma vela inextinguível ou outras coisas igualmente solitárias por demais inimagináveis

veio do desespero causado por essa presença ausente nossa
mudança para uma cidade maior e sem mar uma cidade
grande sem seus vestígios que nos assombravam até mesmo na água salgada e na lua minguante

minha mãe morreria se continuasse a ouvir as vagas nos ro-
chedos ouvindo nelas os gritos de Odete enquanto mergu-
lhava de uma pedra mais alta ou enquanto girava na areia
até ficar tonta e cair imaginando se ela já havia jantado
ou tomado banho conosco ou se saía para olhar as estrelas
deitada na areia fria que se prolongava do fundo do nosso
quintal horas deitada ela ficava brincando segundo dizia
brinco de mergulhar no céu de nadar entre as estrelas de
passar rente quase de me queimar na luz no fogo que elas
são dizia rindo e rindo

isso ouvimos nossa mãe um dia ela dizer numa voz bem
mais alta e dura que a habitual e depois exausta se calou:
não posso mais morar aqui

e emudeceu

foi essa sua frase a que depois ouvimos e ouvimos noite a
dentro nos ecos continuados dos nossos pesadelos

só voltou a falar quando saímos dali para uma casa menor
numa praça de um lugar sem qualquer lembrança

então passou a contar histórias para nós à noite depois
que Ana nos deixava na cama e suas histórias foram se
tornando cada vez mais belas ternas doces à medida

que os meses se passavam cada vez mais longas histórias através dos anos que nunca tinham como de fato nunca tiveram fim

nesses momentos nós três repartíamos o seu colo e de olhos fechados acompanhávamos quase sem conseguir respirar a história sempre a mesma história de alguém que vivia entre bonecas que cantava para elas e as fazia dormir de alguém que conseguia explicar para cada uma daquelas meninas de mentira como era morar junto ao mar sair remando num dia azul ou subir nas mexeriqueiras cheias de espinho comer pudim de clara ver o nascer do sol

de alguém que inventava vidas para elas vidas em liberdade vidas com vento e sol vidas entre escolhas e muitos futuros possíveis nos quais existirem serem felizes

alguém que corria nas estradas de terra de Campos do Jordão em suas ladeiras com seus íntegros pés descalços e suas saias ao vento que podia ficar muito tempo imóvel em frente à lareira olhando o fogo sem falar uma palavra como admirava da janela a geada embranquecendo os caminhos que o brilho do sol derreteria logo pela manhã

talvez tenha sido nessa época que eu fiquei sabendo sem saber ao certo que tudo fora fruto de um sonho este do qual que minha irmã se ocupara por toda sua longa e enclausurada vida ela havia inventado um mundo e esse era um mundo que eu precisaria conhecer

não sei se foi com essa descoberta que nasceu uma espécie de obsessão pelas vidas dela pela vida que realmente vivia vivera já que tantos anos se passaram depois disso
Cecília nossa irmã do meio entusiasmada como era me descreveu um dia um lugar uma casa térrea envidraçada quase sem paredes como se o dentro e o fora fosse um só uma casa fincada num jardim que ia até onde nossa vista alcança com todo tipo de flor de mata de árvores floridas imagine que ali perto entre os troncos maiores passa um regato de águas tão puras que se pode debruçar e beber delas sem medo correndo entre pedregulhos de tons diversos limpos quase transparentes
um lugar alegre para gente que está doente ela dizia isso e uma nuvem rápida parecia cobrir o brilho dos seus olhos mas somos gente que pode pagar continuava gente que consegue mandar seus filhos para serem bem tratados em casas bonitas com boa comida com piscinas de águas mornas como as de São Vicente e telas para se pintar e argila para se amassar e madeira para se esculpir

nunca soubemos se sim

o que Marina com seus inesquecíveis olhos negros nos dizia sentada séria em sua cama enquanto escurecia em São Paulo é que lugares para pessoas doentes eram horríveis eram hospitais onde todos andavam de branco metidos numa espécie de camisola todos homens e mulheres indiscriminadamente

que esses espaços eram lugares de ordem silêncio desilusão

que os gritos que cortavam a noite entre os passos mansos dos enfermeiros eram calados com as injeções e os choques elétricos que era preciso de tanto em tanto aplicar em quase todos quando suas atitudes tornavam a convivência impossível

imaginar Odete num lugar assim tirava nosso sono erguia na calada mais funda da noite quando nem o mar mais era possível de se ouvir afora o guarda noturno um surdo desespero uma sensação da mais crua crueldade uma dolorosa impotência

imaginar uma vida para Odete sem poder correr cantar gritar suas frases desconexas seus poemas era de tudo o mais impensável

uma vida onde ela não decidisse o caminho de cada passo seu

imaginar Odete sem poder girar até ficar tonta e cair na areia sem poder pular nas ondas sem poder se balançar nos

galhos das pitangueiras mais altas sem poder cantar gritar 33
nas tempestades de verão
pois Odete nascera mais livre que nós três muito mais e
por isso desafiava ordens ria das etiquetas desconsiderava
os costumes sociais não gostava de se sentar à mesa em
dias formais nem em horas marcadas ainda mais se lá fora
havia sol se esquecia de pedir licença ao sair coisas que
não eram tão sérias para que merecesse esse castigo cruel

Odete foi encontrada morta pela manhã do dia em que
completaria 95 anos
vestia seu primeiro vestido comprido e estava mais magra
do que nunca
aos pés da cama deixara bem alinhados seus primeiros sapatos de salto talvez para vesti-los assim que amanhecesse
quem sabe para indicar a todos sua intenção de partir
alguém se lembrou que fazia 82 anos que ela morava ali na
mesma casa de saúde de onde não havia nunca saído em
nenhum momento para lugar nenhum

exceto depois se soube que saíra uma única vez

morrera em completo silêncio sem nenhum suspiro ou dor
posto que sua acompanhante dormindo no mesmo quarto
não ouvira um gemido sequer

morrera sem doenças em seu corpo velho e sadio com seus cabelos brancos soltos lisos bem penteados e perfumados com a boca colorida de um rosa antigo muito leve
seus quadros estavam encostados na parede perto da janela e ao redor de todo o quarto dispostas numa certa ordem suas bonecas estavam dormindo com suas cobertas puxadas até o pescoço pois parecia que o frio estava começando a chegar
próximo à janela que dava para o jardim num dos cavaletes que lhe haviam mandado um domingo anos atrás a enfermeira do dia notara que o quadro tinha a tinta ainda por secar
nele uma pequena menina nua caminhava rumo ao azul de um inacreditável mar num dia amanhecendo sem nenhuma nuvem
e era outono porque não se via a linha do horizonte em meio a névoa que cobria uma parte de tudo

Ondina acordou sobressaltada com a primeira batida seca na janela do seu quarto e sentou-se bruscamente
o silêncio se fez ainda mais pesado e a escuridão mais escura
no vazio daquela hora ela pôde ouvir as folhas da mangueira grande farfalhando muito de leve pelo espaço adentro invadindo o quarto com vagos pressentimentos ruins

o segundo toque foi mais nítido forte claro

e o terceiro chegou em seguida no breu que se seguiu a tudo

Ondina teve então certeza do aviso da morte trazido pelas corujas

alguém acabara de morrer alguém que ela conhecia tanto alguém que lhe mandara esse aviso

com dificuldade passou em revista filhos netos amigos enquanto se levantava ligeira para acender uma vela

antigamente essa hora do amanhecer era alegre com os homens da casa pedindo café vinho polenta lingüiça frita

o fogão já aceso de muito e o calor da cozinha de barro espantando os fantasmas da noite antes que as vacas começassem a mugir e os bezerros se tornassem impacientes demais

ela gostara demais daqueles anos agitados

da porta da casa não se via o cafezal dormindo na neblina e os pastos brilhando com a geada da noite

nem se via a noite

a noite era uma presença cerrada constante envolvente que não se deixava pensar

que existia simplesmente em seu corpo em seus olhos envolvendo seus cabelos bailando densa entre cada fio

a cozinha quente tornava-se a única realidade num mundo cercado pela escuridão e o cheiro das coisas que ia fazendo

36   invadiam os espaços que a natureza armara com imprecisão e delícia
umas mais perfumadas do que outras
a porta abria-se para a imensidão do pasto e criava um pequeno mundo iluminado compacto limitado em linhas de
onde os bichos da noite fugiam tontos
assim o dia chegava entre as descargas das privadas as vozes
grossas dos filhos a caminhonete sendo ligada na garagem
uma voz chamando o cachorro o cheiro do café sendo tor-
rado
naquela época Ondina sabia melhor o que era viver entre
chegadas e partidas no movimento intenso da casa pensando tudo isso sentou-se na varanda com a xícara quente
entre as mãos para ver o dia amanhecendo
faltava ainda bastante tempo para clarear mas o que ela
queria exatamente era acompanhar a luz chegando desde
o começo sem perder nenhum segundo como se pudesse
apreender em si em seu corpo em seus olhos verdes para
sempre o que estava por acontecer
pensou naquele exato instante que aquele poderia ser o
último amanhecer de sua vida pensou em sua irmã mais
velha que teria morrido ainda há pouco pois deveria só
poderia ter sido ela a lhe mandar o aviso
e sorriu
estava velha demais cansada demais para sentir medo da morte

em seu último dia em nossa casa Odete acordou estranha-
mente calma

não fez piada não se inquietou nem um pouco em ser servida por último à mesa do café notamos que ela parecia
ausente de nós

quando foi descer a escada que dava para a rua com sua
saia rodada de uniforme sua mala de escola repentinamente sentou-se nos degraus examinando o filete de sangue
que lhe descia entre as pernas parecendo assustada com o
que via

ficou assim parada muito tempo olhando a roupa se en-
charcando lentamente

depois disso desmaiou

quando acordou estranhou a todos não compreendeu a
organização da casa desconheceu os limites do seu quarto
e passou a andar esbarrando nas coisas derrubando vasos e
bibelôs sem saber por onde ia

sentia dor de cabeça ela mostrava com as mãos dor nos
olhos dor no ventre não atendia pelo nome e vagava gemen-
do baixinho da sala para os corredores dos corredores para
os quartos como um bichinho machucado dos quartos
para a cozinha e para cada uma das varandas sem sossego
mas muito devagar como se estivesse perdida como se fosse
se perdendo ou perdendo uma parte de si mesma com os

olhos se esvaindo num brilho cada vez menor num outro
tanto de luz falávamos com ela caminhando atrás assustadas perguntávamos o que havia sem nenhuma resposta
sem nos conformarmos com o que acontecia

seu sangue havia estancado a menstruação assim como
chegara demorada fora suspensa minha mãe comentava
aflita com Ana num cochicho tão alto e agoniado que era
possível ser ouvida do outro lado da sala

isso não era nada bom repetia era preciso fazer alguma coisa
parecia a todos nós que ela havia sumido dali deixando
uma outra igual em seu lugar mas tão diferente uma outra
que não conhecíamos que não podíamos compreender
com essa espécie de tremendo cansaço que ela portava nos
olhos como olhos que já estivessem por demais exaustos de
olhar o mundo sem compreender o que se passava qual o
sentido de formas e desenhos a dimensão de nossas vozes
no espaço o chamado do homem que trazia o gelo a voz do
japonês entregando o peixe daquele dia chamando Ana do
portão da frente

ao fim depois de andar a esmo sentou-se no chão do quarto
com todas as suas bonecas e começou a cantar uma música
desconhecida cujas palavras ninguém conseguia entender
alguma canção acabada de inventar que se ia inventando
sozinha como que encantada entre as roupas das bonecas
seus cabelos que ela puxava devagar

até que a vieram buscar

chegaram depois do almoço e eram muitos numa ambu-
lância com placa de São Paulo
o médico adiantou-se explicando que não se devia deixar
de recolhê-la até que se fizesse um diagnóstico correto
visto que havia sérios sintomas que somente um acurado
exame poderia explicar

coincidindo com toda essa sua estranheza daquele dia de
outono os bichos afastaram-se dos quartos e as mariposas
desapareceram no ar como que milagrosamente sugadas
pela falta dela

que a pobre mocinha não deveria ficar ali exposta aos pe-
rigos da casa enfim sem os necessários e corretos cuidados
que só gente treinada gabaritada poderia garantir
vi minha menina mais velha sendo levada eu que a criara
como se fosse minha filha sem saber porquê sem que me
dissessem nada e logo corri para fazer o jantar visto que
logo todos chegariam de volta cada um das suas atividades
do dia
assim pude afogar meus olhos na ardência descontrolada
que eles sentiam enquanto cortava a cebola e limpava o
peixe mergulhando num poço de nenhuma exatidão

40 mas eu era a empregada e a quem perguntaria o que
me coube fazer sua mala tão depressa como fui avisada e
mal pude beijar suas faces pálidas reparar no vazio do seu
olhar antes de disfarçar os olhos no avental

as três vidas de Odete foram sendo inventadas depois disso
mais vidas ainda que essas ela teve posto que Ana também
criou a sua que aumentava dia a dia repartindo aflita com
sua irmã no quartinho dos fundos
e seus pais que a acompanharam num certo tempo do per-
curso e depois a abandonaram em sua solidão visto que
não parecia reconhecer alguém também fizeram isso
sua madrinha ainda a visitou em domingos aniversários
natais e finalmente passou a ficar em casa pensando nela
acendendo velas chorando sossegada com a sensação do
dever cumprido

até que ponto ela percebera esses movimentos de aproxi-
mação e lento afastamento não sabemos
muitas horas me perco a imaginar se ela sabia de nós se
ela se lembrava da vida na rua Onze de Junho de uma vida
que para todos foi feliz até o momento em que sua partida
aconteceu se ela pensava nisso e em como fora alijada de
tudo de todos sem que sequer lhe perguntassem o que queria fazer com quem onde gostaria de estar

o que houve nos anos seguintes em que ela estava num lu- 41
gar para pessoas como ela que não se conseguia entender
ou com as quais não se podia conviver o que não era o seu
caso é que viveu uma vida onde tudo que conseguia ver
era o que conseguia ver mais nada
uma vida sem imagens muito nos perguntamos se haveria
uma vida assim sem um dentro sem pensamentos sobre o
visto e o ouvido uma vida propriamente de uma só pessoa
que ia desenhando um mundo só seu um mundo a ser ni-
nado como a um bebê um mundo que se veria crescendo
mais e mais vida afora
como seria viver sem isso viver só com o fora a rotina das
horas para dormir acordar se levantar andar até um banheiro tomar um banho lavar os cabelos e depois até um
refeitório beber o café e o leite comer o pão com manteiga
e depois continuar assim pela tarde adentro sem passado
sem nenhum amanhã sem poder pensar sequer que teria
de haver um amanhã onde tudo recomeçaria nessa agrura
feroz que envolve a cada um de nós que permanece vivo
sem poder escolher vidas diferentes sem poder libertar-se
de um passado que se queria esquecer
sem nenhuma recordação
pensávamos se Odete sentiria a passagem das horas a manhã deixando vir a tarde a tarde escorrendo inevitavelmente para a noite passando por entardeceres ensombrados

caso soubesse o horror tomaria conta dela por estar ali trancafiada ausente de uma vida escolhida para ser só sua passaria a se sentir injustiçada e essa injustiça percebida correria por dentro dela até chegar crua ao coração

se não soubesse quem sabe o que seria como seria ser?

ser um ser entre coisas quinas arestas cantos contornos cores sons ser uma entre as coisas existentes de onde tudo foi arrancado que percorria um olhar passando sobre mãos com suas marcas mãos que desafiaram um dia a rudeza dos troncos das maiores árvores que agora pousavam pálidas sobre os lençóis alvos da cama mãos sem ação mãos que não encontravam mais seu lugar de acariciar o próprio rosto de procurar carinho com sua mãe com Ana com suas irmãs de correr dadas com outras mãos umas puxando com mais força deixando-se puxar soltando-se forçando a queda no terreno macio arenoso junto ao mar

pensar em Odete sem nenhum carinho pensar em seu corpo em sua pele sem mais nenhum toque de amor por longos anos nos tirava o sono era de tudo o mais terrível que seu corpo só fosse tocado para as injeções para as trocas de roupa para os banhos sem a menor privacidade para esconder sua nudez de menina moça que agora se tornara mulher e que envelheceria sem conhecer o amor

Cecília em seu entusiasmo falava alto quase cantando que ela estava bem entre pessoas como ela nenhuma triste e

nos calávamos querendo então crer num mundo como 43
aquele eternamente infantil dessa mulher que estacio-
nara no fim da infância que levara consigo suas bonecas
que passava os dias a vesti-las desvesti-las a colocá-las ora
sentadas na cama ora perto da janela para ver anoitecer
que as levava para passear por alamedas floridas uma vez
uma outra vez aquela no domingo todas elas juntas num
carrinho de bebê antes trocando suas roupas por roupas de
sair penteando diferentemente seus cabelos trocando seus
calçados colocando nelas seus melhores perfumes contan-
do a elas a cada uma uma história diferente de alguém que
um dia foi feliz
essas imagens de nossa irmã brincando com suas bonecas
a cada ano ganhando mais uma a cada natal e também nos
aniversários nos perseguia como seria possível que não se
lembrasse de nós se de quando em quando nós também
brincáramos assim?
ela sabia da nossa existência muito depois soubemos ela sabia perguntava por nós nas chegadas nas despedidas desses
domingos sonolentos que o tempo só fez encobrir ela não
havia emudecido
foi dessa maneira que a loucura de Odete foi se instalando
entre nós para ficar já que em algum momento deduzimos
que ela jamais voltaria foi também dessa maneira que a le-
vamos vida afora sem nos esquecermos dela mas também

44   quase sem mencionarmos seu nome que nos pesava como
um fardo mais ainda agora nos pesa pois já se foi de nós tão
sozinha tão sem nenhum afeto nem mesmo em sua última
noite

era indispensável pensarmos como teria sido como ela
conseguira haver-se sozinha com o pressentimento o peso
da morte se aproximando como ela pudera conviver com
isso sem repartir com qualquer outra pessoa

que força imensa possuíra para não entrar em pânico nem
pedir ajuda quando soube que tudo estava finalmente ter-
minando

em dias cinzentos de garoa era inevitável imaginá-la nesse
mundo infantil e colorido de suas tantas bonecas pois não
suportaríamos as outras versões de sua vida

nesses dias havia sol nesse lugar que nunca conheceríamos
e um sol quase insuportável invadia as janelas envidra-
çadas de seu imenso e confortável quarto uma brisa leve
acariciava as cortinas de renda branca de onde ela avistava
alamedas e jardins

então ela se levanta preguiçosa de sua enorme cama onde
cada uma de suas bonecas dorme em camisolas de cetim
e de uma só vez abre tudo deixando o quarto inteiro inva-
dido pela luz como nos filmes sonhadores que assistimos
vez ou outra

era esse um filme que construíamos para nos lembrarmos   45
dela sem nenhuma dor

nesses momentos cantava e sua voz que o passar dos dias
não apagara era clara intensa envolvente chamando as ma-
ritacas os bem-te-vis que chegariam de muito longe entre
canteiros e regatos
mas quando éramos felizes e saímos para namorar para um
baile para uma viagem de trem nas nossas férias de inverno
é que a vida dela tornava-se escura como se o contraponto
da nossa a nos lembrar que o mundo é atemorizador que a
realidade pode ser cruel por demais então ela era arrastada
para a enfermaria deitada à força numa maca seus pul-
sos amarrados machucados com finas cordas sua cabeça
imobilizada seus cabelos raspados enquanto seguíamos na
noite clara no dia azul com a cabeça para fora da janela
do trem para sentir o vento forte para ter os cabelos longos
soltos esvoaçando em todas as direções
então imaginávamos que ela não percebia nada que se debatia que reagia assim como qualquer ser vivo reage quando preso como qualquer cão ou outro bicho mas era nossa
irmã a mais velha a que conhecíamos desde o dia em que
nascemos que nos contava histórias esquisitas e engraçadas
que nos penteava os cabelos que os amarrava forte quando
íamos nadar que nos falava das profundezas do mar de

seus enormes habitantes que nos punha um medo horrível de sermos tragadas para seus abismos engolidas por baleias submergidas pela boca sangrenta dos tubarões

ela era uma pessoa em nossos pensamentos para sempre uma pessoa parte de nossas vidas para sempre parte

por que não sonhávamos com ela por que ao menos em sonhos não voltávamos a correr juntas
ela sempre à frente sempre mais rápida mais inteligente e esperta do que nós?

por que nunca a visitamos?

não sei bem que vida eu poderia ter inventado para ela já que a levei comigo por onde andei a fiz seguir minha vida apaixonar-se casar ter os filhos que tive junto de mim a cada um deles atraída pelo peso insuportável que sua ausência me traria
era sua presença ausente que me acudia na madrugada em que um bebê chorava ou tinha febre era ela com seus cabelos presos numa fita de veludo que se debruçava sobre o berço e sussurrava palavras de ninar me ajudando em meu cansaço me lembrava a hora da mamadeira esquecida sobre a pia as fraldas sempre por trocar

era ela que corria a fechar as janelas todas da casa em que 47
morávamos quando sobre Cerquilho se abatiam as chuvas
de verão era ela que me ajudava no preparo das comidas
sentada na longa mesa de mármore perto do fogão eram
suas mãos que passavam as sopas na peneira enquanto eu
examinava a noite extremamente estrelada à espera de ver
uma estrela cadente e fazer meu único pedido
como contar como dizer que nossas vidas foram uma vida
só e fomos inteiramente o que poderíamos ter sido mais
nada? difícil contar como pode ser insuportável essa perda
a distância horrível essa inexistência
como pode ser assustador o imenso vazio causado pela
estranha morte dela

não houve talvez um só momento em que deixei de tê-la ali
vivendo comigo minha vida amando comigo criando meus
filhos como uma presença apaziguadora sempre afirmando o
que eu fazia dando seu aval de irmã mais velha mais sábia
e mesmo quando por duas vezes eu enlouqueci ela estava
junto sorrindo me dizendo isso é assim vai passar é apenas
um surto não vai doer não tenha medo logo você voltará a
ser você como sempre foi e nem vai se lembrar
nada aconteceu
quando os cachorros ferozes entravam no meu quarto de
enferma rosnando de seus quatro cantos e avançando em

48 minha direção era ela que os espantava para o inferno de onde tinham saído que cuidava para que eu tomasse o remédio nas horas certas

era para ela que eu sorria era com ela que eu falava quando vocês descansavam e as parreiras dormiam segurando seus cachos de todos os tipos de uva as mais claras as escuras as grandes e as pequenas

era para ela junto com ela que eu colhia as rosas para enfeitar a sala e nos natais era ela que me ajudava no preparo dos bolos molhados de rum das massas feitas de frutas secas quem regava a horta à tardinha quem colhia a couve e cortava muito fina com suas longas brancas mãos

e só por causa da existência dela nunca me senti só depois que vocês todos se foram cada qual em busca de sua própria vida

depois que seu pai morreu antes do tempo

agora que uma poeira vai cobrindo nosso passado juntas é que posso falar eu que vivi também a vida dela fui eu para quem ela separou o melhor e o pior de tudo que conheceu para só comigo compartilhar

sei disso sempre soube

posso contar que não havia vidas coloridas nem cortinas que as bonecas ficaram para trás no dia em que partiu e foram vendidas junto com a casa que as visitas de início

freqüentes de nosso pai e nossa mãe alternando-se com a
da madrinha dela foram diminuindo em intensidade à medida que a certeza de que ela não voltaria do mundo para
o qual tinha partido se tornava mais forte
quero explicar que ela tentava comunicar-se com eles dizer que estava tudo bem que não fugiria mais nem andaria
nua pela casa nem tomaria banhos de mar como um bicho
mas não conseguia explicar-se dizer que compreendia era
uma pessoa havia regras ela iria se conformar
quis durante anos pedir para voltar ao seu quarto de menina deitar na velha cama olhando a grande noite pela janela
baixa os coqueiros balançando-se na escuridão só isso

devo dizer que houve anos e anos sem uma vida sem lembranças sem saber nossa irmã quem era nem quem teria sido
se voltaria a sê-lo não houve nada houve um branco de dias
sempre iguais houve um vazio preenchido pela rotina do
hospital houve a companhia de outras mulheres nas quais
minimamente se reconhecia mesmo que as olhasse com seu
olhar esvaziado de tudo buscando reconhecer-se
houve as grades nas altas janelas as grades na cama a im-
possibilidade de se sair caminhando para fora houve uma
prisão limpa bem cuidada houve a risada pouco solidária
das enfermeiras quando ela se atrapalhava ou se sujava sem
conseguir perceber

houve um inferno
talvez brando quem saberá
mas houve o inferno

perseguíamos junto com ela essa sombra do que havia sido
sombra que acompanhava ainda o vôo das borboletas em
torno da lâmpada acesa e a luz que penetrava em tiras entre as grades uma boca que sentia o gosto das coisas e lábios
que se ressecavam no frio e que sangravam em pequeninas
tiras olhos que coçavam e que precisavam ser despertos a
cada manhã com água fria
e quando eu mesma experimentava o calor que o vinho espalhava dentro do meu corpo quando eu provava o tempe-
ro dos cozidos trazia essa sombra esvaziada para bem perto
para que Odete pudesse ao menos sentir um perfume um
cheiro de ervas de coentro de louro de alho esmagado com
sal de polenta frita ou no leite
era um inferno de infelicidade e vazio posto que ninguém
existia de verdade com seus sonhos e lembranças um inferno que depois se esqueceria se lhe fosse dada a chance
uma dor passageira que doía de alguma maneira que haveria de doer
Odete cultivava flores em suas janelas Odete andava cabis-
baixa solta pelos corredores já que não era agressiva nunca
havia agredido ninguém Odete não se lembrava enquanto

caminhava daqueles ladrilhos daquelas infindáveis portas
todas brancas daquelas pessoas que falavam com ela que
gritavam sem que se lembrasse de ter feito qualquer coisa
que a agrediam como se ela que se perdia entre andares
e compridos corredores soubesse porquê existiam ainda
mais ali porque haveriam de passar umas pelas outras caminhando sem sossego

nossa irmã eram muitas eram todos aqueles que com ela
conviviam não era nenhum deles talvez nem fosse e eu
não podia deixá-la ali daquele modo visto que ela existira
um dia muito mais que nós e não nos conformávamos

as velas continuavam acesas desde a sua morte que não
era morte desde o dia da sua partida que trouxe consigo
uma seqüência intolerável de tardes amenas de outono
de noites frias do vento lamentando-se de nós em todos os
coqueiros enquanto tremíamos sob as mantas de tricô com
um frio que vinha do medo do susto de tê-la perdido desse
mudo consentimento a que nos atrevêramos

as velas continuaram vivas na minha própria vida nas lampa-
rinas que eu acendia toda noite para afugentar a escuridão
de caixões fechados e túmulos com sua chama com o ar em
torno permanentemente nas pequenas chamas que se via
de cada quarto que indicavam aos menores que eu estava
ali velando pelo sono deles que a nenhum eu abandonaria
como Odete nos abandonara embora sem querer

52 como nós a havíamos todos cada um a seu modo abandonado

e ela velava entre a luz entre a penumbra dos aposentos
posto que não tinha tido mais sono desde o tempo em que
partira de nossa família e sentava-se na sala na obscuridade
cantando baixinho velhas canções
nas temporadas da colheita do café eu podia vê-la nos
observando com seus chapéus floridos com seus leques
abanando-se à sombra das laranjeiras sorrindo enquanto
acompanhava o passeio das nuvens pelo céu enquanto me
via com minha enorme barriga de cada um dos meus filhos
servindo o vinho aos homens que colhiam a uva passando
minha mão pela testa encharcada de suor segurando a bai-
nha do vestido que o vento teimava em levantar
nesses instantes em que nossos olhos se cruzavam eu era
completa e feliz como que sabendo que nos protegíamos
as duas da imensidão do mundo da injustiça desse mundo
que açoita cada vida que espreita enquanto o tempo passa
na mais feroz realidade

nossa mãe voltava a cada vez mais triste do hospital e à noite
enquanto nos preparava o ajantarado de domingo seu olhar
se turvava sempre que passávamos por ali perguntando já que
era preciso falar alguma coisa se a comida já estava pronta
que estávamos com fome e outras bobagens inventadas

fazíamos isso para que ela não estivesse longe dali para que 53
não permanecesse em cantos que desconhecíamos fingíamos atormentá-la com pequenas banalidades para que ela
fosse devagar voltando à casa e à nós que estávamos ali
com nossos primeiros namorados com nossa indecisão sobre roupas a vestir cabelos a pentear bailes festas para que
ela se esquecesse de que havia a outra filha
a que sofria
a que nos havia abandonado
nosso pai então ralhava conosco e nos chamava para fora
da cozinha nos lembrando vagos deveres de escola tarefas
a completar serviços caseiros que restaram inacabados
como seus olhos tornavam nesses momentos mais escuros
que o normal obedecíamos
então o silêncio do resto do domingo pesava como um
algoz me lembro com a maior nitidez que meu medo de
existir era tão grande que preferia não ter nascido nunca
os domingos passaram a ser terríveis como se todas as suas
horas trouxessem surpresas desagradáveis coisas escuras
como a noite mais escura uma noite por demais sem fim

gosto do nome que me deram pois que para sempre haverá de me lembrar o mar não sei de onde o tiraram mas
Ondina embora seja um nome antigo soa como viver entre
ondas pequeninas entre ondas que de repente sobem mais

54   do que se esperava ondas que nos afagam ou nos derrubam como na vida pode acontecer

entre Odete e eu são quase vinte anos de distância mas envelheço mais que ela na companhia que me faz pois quando a penso velha assim mesmo como eu mesma estou agora nem mesmo posso crer nas imagens que invento

Odete não envelheceu embora tenha vivido tanto mais do que eu provavelmente viverei soube disso quando ouvi as três batidas da coruja na janela e me lembrei que de já muito ela se ausentara de mim

naquele dia minha irmã acordou triste abriu bem devagar os olhos olhando lentamente para os quatro cantos do quarto cantos limpos brancos imóveis

na brancura do que via não se reconheceu

e esse não reconhecimento de si mesma era um dado tão novo era tão incrível a ela mesma tão inacreditável que isso estivesse acontecendo que fechou os olhos e tapou seu rosto com as duas mãos nesse mesmo instante ouviu vozes muito longe que chamavam seu nome um nome que soava novo que parecia ter adquirido um sentido que passara a ser mais que um som pelo qual a chamariam sempre não eram as vozes da loucura que conhecera não eram as vozes que vinham pela manhã trazendo remédios era uma outra

coisa totalmente nova essa que chegava de mansinho de
tão distantes dispersos espaços

quieta imersa nesse novo mundo Odete ficou sem nenhum
movimento ouvindo alguém que lhe chamava como quando
ela se perdia pendurada nas maiores árvores foi quando de
algum lugar chegou a primeira imagem como um quadro
nítido definitivo como uma sensação que ela conseguia ver
eram primeiro olhos que a olhavam de muito perto a seguir
mãos carinhosas e pequenas mãos gorduchas em último lugar
o rosto a que pertenciam esses olhos e essas mãos isso ela sabia
mesmo que não pudesse ver o conjunto dessa pessoa que viera
talvez de muito longe em seu passado para ficar com ela

o dia passou-se como outros mas ela guardou esse segredo
solenemente como o fazem os que escutam anjos ou os
que conseguem chegar perto demais de Deus

intrigada ela não conseguia erguer os olhos do chão que era
assim que a imagem mais e mais se firmava não se confundindo com as coisas de verdade que qualquer um pode ver

às vezes fechava os olhos e parecia sorrir um sorriso que ia
nascendo disfarçado continuando sem ser

passou a manhã fingindo uma indecisão que não sentia
deixando-se conduzir alheia aos gritos das outras aos pala-
vrões até mesmo ao choro das que sempre choravam para
um lado para outro para fazer as coisas de todo dia como se
fosse tudo o mesmo dos outros dias passados

essa imagem a lhe fazer companhia isso que não se apagava nem desaparecia essa lembrança de alguém esses olhos essas mãos esse rosto que não compunham sempre a mesma figura mas partes dela misturavam-se ao branco tornado intolerável às conversas sussurradas dos médicos às risadas dos internos

mas eram mais vivos impunham-se com um certo calor numa certa temperatura que Odete não podia se lembrar de ter vivido um certo calor um vermelho um tom vermelho muito denso

e deu para ter pensamentos que eram cores pensando texturas tons um avermelhado chegando num roxo passando para um lilás depois espantando-se com um laranja seguido do amarelo mais claro e novamente um vermelho que podia ser violeta isso até a hora em que a levaram para dormir

como não lhe dirigiam a palavra nem a chamavam pelo nome pois ela não dava sinais de perceber nessa noite nada se alterou mas ela pareceu ouvir quando falaram esse nome que era o dela enquanto a cobriam por um instante pensaram tê-la visto com um novo brilho alguém imaginou que ela pudesse ter entendido e se foram falando de namorados de um feriado que chegava do aumento que sem dúvida viria no fim do mês

um mundo colorido cheio de volúpia morava agora com ela eram cores que começavam a tentar virar palavras como se

quisessem ser inscritas dentro dela como se quisessem de
muito distante trazer um recado um convite um pensamento
feliz mesmo com as pálpebras começando a pesar

por causa do remédio da noite ela ainda tentou manter-se
acordada para ouvir novamente aquele nome que agora era
dela referia-se a alguém que era ela que estava ali deitada
imobilizada entre as grades altas da cama um nome dito
como nunca por uma voz que repetia como se cada palavra
repetida pudesse chegar mais longe como se uma brisa morna de mar a trouxesse cada vez mais junto de Odete em seu
leito de hospital enquanto a noite continuava em sua rotina
de passos lá fora de luzes permanentemente acesas gritos na
madrugada uma voz que chamava um barulho que alguém
fazia

cores tons temperaturas por sob a pele por sobre o corpo
entranhando-se aos fios dos cabelos saindo das raízes de
cada fio acompanhando as curvas dos quadris as pontas
das unhas o redondo dos joelhos as unhas dos dedos

Odete sentindo em meio ao início de sono desejos de se
tornar cor de experimentar ser uma muitas cores quieta
queria ser quieta imóvel embelezar qualquer trecho de
estrada qualquer curva qualquer pedaço desse mundo
branco onde habitava

deixar-se escorrer entre as nervuras dos ladrilhos nas
emendas das lajotas virar líquida riacho leve fluído riachos

de muitas cores como um arco-íris escorregar pela parede de fora da casa chegando até o chão entrar terra adentro criar raízes troncos galhos folha ser simplesmente folha uma só folha

na manhã de um dia qualquer sem data sem lembranças nossa irmã conseguiu se lembrar e essa lembrança que não trazia com ela nenhuma palavra ficou guardada em seus pensamentos durante o verão junto ao céu estrelado que podia avistar de uma nesga de janela na água rápida das enxurradas nas folhas que rodopiavam no ar de antes de a chuva cair

nos dias que se seguiram a esse como ela nunca falava ninguém reparou que estava se diferenciando das outras que havia nela uma algum tipo de nova postura um novo jeito de portar a cabeça um caminhar mais altivo apesar da idade que já começava a chegar pois ela teria já nessa época seus sessenta anos quando pela primeira vez se lembrou ela portava seu uniforme de hospital com uma recém-adquirida dignidade no vestir-se um cuidado que se demorou muito a perceber

alguém durante o intervalo para o café comentou que ela poderia estar melhorando mas outros assuntos mais prementes deixaram que esse comentário caísse no esquecimento estar melhorando

um dia Odete sonhou que voltava à casa de sua infância
soube que isso ocorria porque fora levada pela arrasadora
saudade que chegara com os primeiros anúncios da primavera sonhou arrastada pela enorme ausência do perfume de
jasmim que nunca mais sentira mas que ainda habitava nela
algum lugar pelo olhar de sua mãe pelo toque dessas mãos
em seus cabelos escuros pelo beijo de boa-noite e passos
que eram leves e silenciosos passos por portas que mesmo
fechadas deixavam vazar a luz que vinha da sala na qual os
homens falavam até mais tarde dos negócios do café e janelas por trás das quais se adivinhava a lua cheia por pegadas no
chão molhado no barro marcado do quintal
e mal se deu conta de que era um sonho e já estava tocan-
do com a ponta dos dedos o portão de ferro que continuava
apenas encostado como se ela nunca houvesse partido
então olhou as escadas que desciam dos dois lados da porta
da frente ao mesmo tempo que ouviu o som do piano na
sala de visitas
soube assim que sua mãe continuava sentindo a falta dela
pois tocava a mesma música uma melodia que era como
chorar baixinho como confundir soluços com notas mu-
sicais vento lágrimas com acordes ciscos nos olhos pedais
abafadores e outras coisas igualmente pequeninas
sua mãe tocava ainda quando ela entrou na sala e era mais
moça do que ela se encontrava nesse mesmo momento

sentiu assim que muito tempo se passara sobre seu corpo mais velho que o de sua própria mãe e admirou-se de seus cabelos brancos amarrados atrás da nuca enquanto reparava no encorpado coque que sua mãe usava ainda no topo da cabeça emoldurada de cabelos negros desde os seus primeiros tempos de casada

sua mãe pareceu sentir-se de algum modo diferente com sua presença inesperada e ajeitou os pequenos cachos que lhe caiam dos dois lados do rosto enquanto Odete pôde ver que havia chorado

Ana passou ligeira pela sala como fazia toda tarde levando a roupa passada para cada um dos quartos que já estavam fechados pela proximidade da noite e cantarolava baixinho acompanhando o som do piano

ouviu um carro buzinando e alguém passou correndo pela sala para abrir a garagem para seu pai que chegava e foi assim que ela desviando-se de repente daquele rapaz tão magro e comprido que era seu irmão caçula percebeu que não seria vista nem tocada por ninguém

soube que havia voltado no tempo voltado no tempo que morava dentro dela mesma onde tudo permanecia sempre recriado e novo como antes mesmo de acontecer descobriu que estava dentro dessa cena desenhada na casa de sua infância onde tudo seguiria acontecendo e acontecendo eternamente desejou saber porque tudo

acontecera do modo como acontecera e uma imensa
tristeza tomou conta de todos os seus pensamentos sobre seus irmãos sobre a casa que ali estava sobre nuvens
mares e caminhos vidas que não seguiam como as outras
vidas que se desviavam para outros lugares outros rostos
pessoas falas vozes gritos camas muitas camas sem trocar
sem o cheiro da macela dos lençóis que Ana passava sem
o frango ao molho pardo curtindo seu gosto no fogão à
lenha tarde afora

quis tanto poder recuar de verdade sonhar que ainda era
menina no dia em que a levaram para descobrir qual o mal
que a havia acometido quais as dores as razões as formas de
sua loucura que a separara de todos para sempre

talvez que se todas as noites de todos os dias de sua vida
ainda por viver sonhasse com a casa com aquilo que pre-
senciava nesse sonho tão difícil pudesse descobrir

quis então comandar dali em diante suas noites suas rotas
de adormecida as horas em que podia estar apenas consigo
mesma sem obedecer a ninguém sem caminhar por onde
as outras todas caminhavam

como gostava de quando o dia ia se acabando no hospital e
enfim chegava a hora de estar só sabia se comportar como
nenhuma outra e estar tão quieta e obediente que com o
tempo nem remédios mais lhe obrigavam a engolir pois
mal se deitava fingia logo estar dormindo para poder estar

só ter paz para pensar no seu passado nas coisas que apenas
a si mesma pertenciam

como o sonho não acabasse e a casa continuasse sua rotina sem ela o cheiro de frango ao molho pardo vindo do outro lado passando por todos os quartos e salas correndo até onde se encontrava as vozes de seus irmãos adultos chegando cada um de seu trabalho suas três irmãs menores chegando barulhentas da praia subindo correndo as escadas dos fundos como ninguém desse por ela desceu lentamente os degraus e foi se sentar embaixo do grande coqueiro entre as trepadeiras e os rabos-de-galo

assim anoitecia em São Vicente como anoitecia em seu sonho em cidades reais e nas outras todas inventadas nas que se podia ver e nas invisíveis e o mar mal se ouvia no princípio da lua crescente a cerca de jasmim perfumava toda a esquina as casas acendiam suas primeiras luzes uma a uma suas varandas onde pessoas conversavam em redes ou cadeiras de palhinha poucos carros passavam o bonde se ouvia muito longe

Odete podia ouvir sim o que diziam porque era um sonho apenas isso que o dia fora quente que um navio chegara hoje no porto trazendo mulheres do outro lado do mundo novas bonitas umas ruivas outras louras que talvez mais tarde o tempo pudesse virar que esse vento que começava com certeza traria chuva na madrugada mas chuva passa-

geira de raios e trovões chuva de primavera que da casa de 63
Adelina à tarde se chamara a parteira que talvez houvesse
nascido o bebê que a febre de Fábio passara depressa que
o Dr. Vinicius nem precisara chegar do centro de Santos
impecável em seu terno branco de médico

no sonho de Odete anoiteceu por completo e os sons
foram se tornando menos fartos envoltos na noite que
escorria

então a dor que sentia tornou-se quase insuportável desejou acordar desejou morrer desejou ser um poste uma
pedra um pedaço de galho partido que o mar jogou hoje
mesmo na praia quis ser um barco afundado um resto de
nuvem que se deixara ficar no céu enquanto as outras todas
haviam chovido sido tempestade virado água das sarjetas
água correndo célere pelas torneiras das casas como a sua
nunca isso fantasma esguio vulto do que já de há muito se
passara ser vão deserto aridez
não quis ver seu quarto nem olhar mais uma vez a cômoda
onde se guardavam suas roupas de criança nem o armário
estreito onde acomodava suas bonecas umas deitadas outras de pé na vizinhança da noite
não quis ver a família sentando-se na enorme mesa para todos numa mesa em que cabiam todos os doze filhos e seus

pais para que tivesse que enxergar entre uns e outros o lugar que era só seu onde se sentava sempre como convinha à uma menina quase mocinha a mais velha a que deveria dar o exemplo mostrar como comer à francesa como usar todos os talheres os de peixe e os outros os copos colocados como deveriam estar uns maiores outros menores saber servir-se com parcimônia e discrição comer ouvindo os mais velhos sem interrompê-los

seria impossível não poder ver-se sentada ali entre os outros sendo uma como eles uma filha a mais aquela que apesar de estranha era apenas isso um pouco diferente tinha olhos que olhavam demais o que deveria ser ignorado que falava palavras que se devia esquecer que contava o que não poderia nunca ter acontecido muito menos ter sido contado

Odete se perguntou ali tão sozinha em seu jardim sozinha como sempre havia se sentido agora não havia como negar por que mesmo não poderia ter continuado ali com eles a cada dia de escola cada final de semana cada inverno ou verão enquanto cresciam namoravam ou casavam principiavam a se tornar tios ou pais ou mães?

ela triste demais de triste mesmo como só em sonhos se pode ser perguntava aos coqueiros à lua que mais e mais subia no céu enquanto todos já começavam a ir cada um ao seu quarto o que é que havia acontecido para que ela se

perdesse de si de todos de tudo isso que só agora principiava a perceber que perdera

um cachorro uivou na segunda casa alguém passou asso-
biando pela rua tornando-se deserta mais e mais um gato
olhou a lua do telhado da vizinha

imaginou então sem ao menos subir novamente até a varanda como todos na casa já haviam escovado seus dentes
deitado em suas camas que seus pais conversavam baixinho para não acordar as crianças que até mesmo Ana e sua
irmã já estavam rezando o terço no quartinho dos fundos
em cima da garagem as mãos ainda quem sabe levemente
cheirando a alho a cozinha reluzente o fogão sem mais
nenhuma brasa a mesa posta para o café da manhã o mel e
tudo que sempre apreciara

a beleza do mel sua cor sua doçura os pães cobertos por
toalhas brancas bordadas impecavelmente limpas e engo-
madas

deitando-se no banco que o sereno molhava Odete fincou
o olhar num céu de tanta estrela como só o céu dessa
cidade imaginada poderia contemplar e já que tudo era
mesmo esse sonho que fabricava passo a passo decidiu em
seu próprio sonho dormir

dormir ao sereno dormir envolta em neblina e só como
havia sido desde que nascera com seus pensamentos ma-

lucos sobre o mundo com as histórias que construía e que ninguém parecia compreender com seus desejos de ser barco de ser marisco grudado nas pedras de ser gaivota sem destino nem ninho de ser nó de impossibilidades de ser nunca

do que mesmo nossa irmã adoecera qual era o nome dessa doença que não melhorava nem piorava que a deixava sempre a mesma há mais de quarenta anos?
não sabíamos mas ela se lembrara de um rosto

e nessa mesma noite sonhou um outro sonho que nunca mais esqueceria

Odete está nua a idade é a mesma de agora sempre a mesma numa úmida floresta de folhas muito verdes de muitos tons de verde que se misturam ao azul que entrevê acima da copa das enormes árvores nada nua numa lagoa morna sem contornos precisos aparentemente sem fundo nem bordas numa água limpa morna
e há de se lembrar até morrer muitos anos depois desse primeiro sonho posto que as sensações de mergulhar nua sem nem precisar respirar ou melhor de respirar normalmente tanto debaixo d'água como sobre ela não a abandonarão jamais

como não se esquecerá também desse dia iluminado de sol um sol que não queima nem machuca a pele um sol que apesar de estar no ápice tomba sobre a terra fazendo longas sombras macio e dengoso como uma tarde de um outono impossível de esquecer

mesmo assim no sonho chega a hora de partir e ela precisa sair do lago imenso e deixar-se escorregar nas pedras limosas do fundo até encontrar a saída um túnel inevitável que não a amedronta nem desampara um túnel que a levará para fora dali

acorda com essa sensação nova de estar caminhando para um outro estado de estar saindo de um longo interminável lugar onde se aprisionara tanto tempo para alguma outra natureza de se ser ou estar

sonha com uma existência improvável ou inesquecível

conta tia Marisa que a visitava que não se lembra bem porquê um dia resolveu levar de presente uma aquarela umas telas uns pincéis

contou-nos impressionada sucessivas vezes como Odete se sentou olhando a aquarela à sua frente com as mãos pousadas próximas aos pincéis que não tocava não conseguia tocar

repetiu para si mesma como ela observava admirada cada uma das pequenas porções de cor que se deixavam estar ali à disposição dentro da caixa que ficava aberta sobre a escrivaninha baixa num local iluminado perto da janela

se naquela época não perguntamos à essa nossa tia mais velha a vista da janela é porque já havíamos criado uma paisagem para nossa irmã paisagem insubstituível fascinante e não queríamos a verdadeira nesse lugar já reservado à outra mais confortável e antiga

penso passados tantos e tantos anos que se nossa tia começou a levar tintas e mais tintas telas e mais telas ao hospital e se os médicos concordavam com isso por que o fazia se Odete não pintava?

mas Odete deixava-se ficar examinando com o olhar cada tubo cada pote cada recipiente com os óleos amarelos os pigmentos azuis as aquarelas suaves os vermelhos sangüíneos das pastas que arrumava com cuidado numa estante baixa não levantava mais seus olhos que percorriam essas superfícies retas nos quais Marisa continuava a colocar novas caixas coloridas

a essa altura ninguém sabia que nossa irmã pensava nas cores não nas cores propriamente ditas pensava por cores passeando seus pensamentos por dentro das coisas de telas e pincéis deixando que as cores pensassem por ela em suas instâncias de cor e podia ficar um tempo indeterminado assim meditando essa essência colorida que nosso mundo tem mas sem dúvida sequer nos damos conta nessa essência que era ela como cor que mudava seus matizes 69

e lá se vão novamente os anos quantos anos se foram em que
enterramos tios e tias por fim primeiro nossa mãe depois
poucos meses depois nosso pai que não conseguiu viver sem
ela com seu indefectível terno negro impecável chapéu
foram-se partindo de nós nossos irmãos mais velhos e fi-
camos só os caçulas que nos visitávamos em algum casa-
mento de nossos filhos depois dos netos e finalmente nos
comunicávamos com telefonemas espaçados

um dia talvez porque estivesse muito frio ou o céu muito
cinzento tudo a enfermeira nota que Odete estende trêmula
a mão que agarra rápida o pincel que o pincel procura o
azul mais forte um azul de dia amanhecendo que fica por
ali na proximidade do que ainda nem é cor mas desejo de
ser de mergulhar de virar cor que a mão depois de fisgar o
azul dirige-se ao canto superior do quadro e começa a cobrir um pequeno espaço com delicadeza com cuidado sem
deixar cair um pingo sequer um pedaço como uma nuvem
como algo inexistente como se de muito estivesse planejado
para existir como se pintasse desde antes de nascer
depois pára e parece se admirar daquilo tudo pausando mão
pincel tinta pausando o olhar pousado sobre o azul que começa lento a secar então se imobiliza com os olhos baixos

70 a procurar nas mãos algum vestígio esquecido do que acaba
de acontecer
infinitamente duradouro o olhar as mãos que espreita o rosto
que ninguém vê que contempla o segredo sem saber direito
o que acontece e porque aquilo cómove encanta aproxima
Odete de alguém que ela poderia um dia ter sido que muito
lá do fundo começava a se anunciar como um filho sendo
gerado rompendo como uma manhã inesquecível e única
como se horas se passassem um novo ato começa recomeça
a mão que procura o pincel que pinta no meio do azul uma
mínima quase imperceptível gaivota impecavelmente inteira
branca
uma gaivota talvez súbita no súbito azul amanhecido num
absurdo céu azul

depois foram a sucessão dos domingos onde ninguém mais
chegava nos quais a enfermeira distraída ocupava-se da janela a examinar o pátio onde algumas famílias ficavam a
conversar umas com as outras
ninguém viria talvez nunca mais

me pergunto já que as outras se foram por que mesmo que
a abandonamos?
por que todos nos convencemos facilmente de que ela
não nos reconheceria não se lembraria de nós por que nos

mentimos a nós mesmas durante tantas páscoas natais e   71
aniversários dela sem nenhuma flor o que houve quando
as tintas foram se secando nos potes ou sendo consumidas
por ela nas noites em que se punha a pintar?
me encontro olhando no espelho do quarto procurando
as marcas de minha irmã mais velha no meu rosto porque convivemos sem que ao menos nos conhecêssemos
porque a tive ao meu lado entre as hortas e os cafezais
de quando as crianças cresciam mas não fui capaz de
contar a ela que isso acontecera dizer a ela o quanto fora
importante na seqüência dos dias meus o quanto me
acompanhara perdera seus anos de vida todos comigo me
ajudando sem ao menos saber sem que lhe fosse dado
qualquer notícia dessa azáfama desse viver trabalhoso
mas cheio de recompensas

é bonito aqui de repente ela disse

disse isso e se calou olhando as folhas secas em que seus
pés esguios pisavam depois olhou as próprias mãos começando a envelhecer pousadas no avental branco um pouco
além os muros acima deles o céu

é bonito aqui

mas o fez com uma voz tão doce em claro e bom tom que todos se admiraram enquanto ela permanecia quieta amorosa sentada no banco do pátio um pouco distante dos outros como se tivesse falado somente para si mesma uma fala que se recusara a ser dita por tantos e tantos anos enfim

e as enfermeiras mais jovens curiosas se olhavam perguntando-se quem seria ela porque ainda estava ali visto que nunca haviam presenciando nela nada que a tornasse uma como os outros nenhuma agressão nenhum comportamento que elas pudessem estranhar mais do que a si mesmas se estranhavam dias sim outros não

então Odete soube que era como o mar não o mar da maioria dos dias da sua infância na prainha mas como um mar que não conhecera nem conheceria nunca um mar ora calmo ora súbito subitamente inesperado e vergonhoso engolindo tudo barcos casas gente

súbitas

um mar que não parecia saber o que era terra céu todo o resto um mar que avançava confundia limites punia o homem com barro e lixo

mas depois refluía deixando a areia limpa como se nada tivesse acontecido o mundo tivesse acabado de nascer e se

mostrava tão manso que até mesmo as criancinhas pequenas 73
podiam nele se banhar sem susto
esta também era ela com suas memórias que se misturavam
a memórias que não se saberá se eram dela se haviam sido
inventadas em algum crepúsculo vazio que confundia irmãos amigos tempos passados tempos de porvir
haveria de haver tempo suficiente ela pensou para que pudesse ir entendendo tudo reconhecendo-se e aos outros cada
um em seus lugares tempo parentesco tempo para perguntar
pelos irmãos e irmãs para saber de nós três aonde andaría-
mos o que teria sido feito de nossas vidas desde então
teria que haver momentos para se lembrar primeiro vagamente
e à medida que os dias passassem mais claramente de uma casa
de dias bons e dos dias em que fora difícil seguir vivendo
seria dada a ela a oportunidade de viver sua própria vida que
nunca se saberá porquê caberia ser a de viver ali onde teria de
encontrar a beleza perdida no olhar dos outros nas paredes claras de um amarelo muito claro na tinta dos potes de pintar
Odete desejou viver entre os potes de tinta poder pintar
todas as suas horas para que depois dos borrões em que poderia passar anos pudesse um dia ver surgir um rosto uma
história uma varanda vermelha quis recuperar o já perdido
para então seguir adiante rumo ao que ainda não sabia

súbitas

ela não era uma só isso desde menina pressentira era outras com as quais conversava em sonhos na profunda solidão das noites ela que poderia ser tantas
era muitas
era Ana era o jasmim a mangueira florida o barro que descia do morro de quando chovia era o mar era seu pai sua mãe seus muitos irmãos todos e cada um deles separadamente mar que engolia pequenos barcos matando meninas enquanto da areia ela gritava entender sua casa mar assustador assassino amado mas em sua luminosidade de peixes adormecidos a que ela pudesse um dia voltar

desejou mais que tudo um dia poder voltar

voltar sozinha inteira caminhando num fim de noite qualquer voando quem sabe como uma borboleta noturna como um barco uma folha nas ventanias de agosto quanto mais a velhice chegava mais ela se recordava muito devagar seus quadros foram vendo surgir formas ainda muito imprecisas formas diluídas num crepúsculo chuvoso ou nas primeiras luzes de um amanhecer invernal traços que deveriam mais que ser vistos imaginados olhados com olhos que não tinham ainda consistência olhos que começariam de fato a existir ao olhar as marcas que ela ia espalhando no quarto e a toda volta

olhos sem pupilas olhos sem fundo de olho sem marcas de 75
imensidão sem soluços nem poentes

um dia passando as mãos enrugadas pelo rosto falou lágrimas e sorriu
ao dizer essa palavra esquecida dela mesma chorou
depois brincou muito tempo feliz como uma criança com
sua menor boneca a de quando ali chegara sentando-se
com ela à janela e falando baixinho ao seu ouvido bei-
jando cálida suas faces róseas de boneca abraçando-a num
nunca ter fim
ela e a boneca olhavam o horizonte da Paulista cortado
por faixas rosadas que o anoitecer vinha trazendo por detrás dos altos muros e depois se cansaram
mas essa palavra trouxe outras muitas outras que passou a
repetir baixinho e isso era igual a sentir saudades logo ela
constatou trouxe nomes de há muito apagados o nome de
cada um dos seus irmãos os nomes de seus pais avós tios
madrinha a vontade surda de saber onde estavam àquela
hora do dia a quem se dirigiam o que diziam o que faziam
quem eram afinal cada uma dessas pessoas na distância
dela Odete dela mesma que os amara tanto?
depois falou saudades de novo

falou assim como escrevo tenho saudades

quando as recordações começaram a vir vertiginosas ela
não queria se levantar nem abrir os olhos para melhor guar-
dar sua vida que se reconstruía como por milagre não por
fatos nem seqüências previsíveis de fatos mas em campos
em visões que certamente a ela pertenciam
e essa certeza de que aquilo que estava acontecendo era o
estreito e farto território de si mesma a colocou num estado que oscilava entre melancolia e êxtase
eram espaços secretos que só a ela pertenciam segredos que
relevando-se no silêncio das cores ampliavam a sensação
de um si mesma de há muito esquecido então se debatia
se a forçavam a se levantar sem querer comer sem sequer
ir ao banheiro para banhar-se empurrando os remédios da
noite precisando ficar acordada para mais e melhor poder
em sua solidão pensar
seu velho médico foi chamado e pediu que a deixassem em paz
só isso

as memórias ocupando lugares todos os lugares antes va-
zios ou confusos foram dizendo a ela quem afinal era esse
eu que tinha o nome pelo qual a chamariam sempre
e ela tornou-se enfim mais meiga ainda como quando ria
de nós tomando conta de nós as irmãs menores que se ba-
lançavam felizes nas cordas da mangueira sem nenhum
medo de cair

na tarde seguinte depois do almoço quando as outras internas dormiam ouviu o mar batendo nas pedras da Ilha Porchat ouviu do mesmo modo como ouviu as enfermeiras rindo no corredor ou a faxineira batendo a porta do banheiro
com a mais absoluta clareza
dessa vez soube que eram recordações trazidas pela saudade imensa que aconchegaria seu peito até sua morte soube igualmente que estava conseguindo saber o que era real e o que imaginava pela primeira vez em todos os dias mais distantes de sua vida irreal

depois ouviu o grito das gaivotas

foi quando sentiu a sufocante falta que o mar fazia em sua vida e desejou ver o mar de sua infância mas não aquele que os sonhos lhe traziam nem o que imaginava com os olhos apertados nos momentos de descanso obrigatório
quis o mar verdadeiro
aquele que havia temido e amado com igual vigor mar com temperatura e salinidade
desde esse dia era como se soubéssemos que uma outra pessoa chegara entre nós passara a habitar o quarto com ela sendo e não sendo ela igualmente tudo nela se transformara como é que se pode dizer ela estava senhora de si
dito assim parece ser o mais correto senhora de si

mais um outono descansando na luz mais tênue numa luz
que não pertence a mais a nenhuma de nós uma luz que
não habita esse mundo das coisas presas em angústia coisas
sem nenhuma objetividade
me desencontro na luz que percorre asas de borboletas
que vara a água dos lagos mostrando seu fundo lamacen-
to que percorre troncos e pensa em raízes ocultas pela
terra em raízes submersas
penso nela olhando à minha volta com delicadeza temen-
do um mundo onde nem os pássaros mais pudessem voar
em meio a postes fios ferro de portões altos muros cercas
eletrificadas onde homens e mulheres passassem sem um
olhar para nuvens esquinas borboletas
nem os pássaros
quero crer que sua boca provou o que como seus lábios
sentiram o azedo do limão a doçura do mel o ardido da
pimenta crua entre os dentes que sua pele sentiu o aconchego do fogo aceso na lareira do inverno na velha casa
de Campos do Jordão com seus longos telhados vermelhos
com seus jardins espaços de rolar e correr
o prazer que o calor do sol oferece quando começa a se
aproximar o verão

agora que todos da casa se foram procuramos as duas por
ela por vestígios de sua passagem entre nós velhas fotos

moradas escritos lembranças de alguém que um dia se 79
lembrou de uma frase um sorriso uma risada diferente
que marcou paredes cantos pessoas

enquanto descemos a serra do mar ou caminhamos pelo
Trianon mal sabemos ora e outra que estamos acom-
panhadas por sua presença que mais e mais sentimos
pois que se atreve a comentar fatos observados imiscuir-
se risonha em nossos emocionados pensamentos só de
procurar por ela ironizando a cidade e seu movimento
alucinante recusando-se a entrar nos metrôs cheios de
final de tarde com seus vestidos rodados enquanto sen-
ta-se num dos bancos do parque aquele mais oculto e
relembra sua vida da louca que nunca foi enquanto se
abana com elegância com seus pálidos leques de seda
arruma o fecho do colar de pérolas respira fundo sobre
um canteiro de arruda

e é incrível como se mantém atual bem mais que nós
com nossos cabelos brancos que em nossa memória ela
nunca envelheceu nem a natureza branqueou que para
nós nunca enrugou nos perdoando a todos por nossa to-
lice nossa pretensão nosso equilíbrio em vidas pequenas
e regradas de frouxas correntes que nunca ninguém arre-
bentou de convivências vazias que ela nunca suportou

nós as três irmãs fomos nos perdendo umas das outras mergulhando em poços diversos do esquecimento se primeiro

nos fomos esquecendo nos afastando desconhecendo mais e mais os dias suas necessidades iguais nesse instante em que me encontro só me agarro furiosamente às nossas maiores lembranças ao que Odete foi para nós ao que fomos ao que ainda sou também para não esquecer para diminuir a dor da ausência dela que dói mais a cada ano que passa quando começo a me esquecer de comer tomar banho desligar o fogo das panelas apagar a luz

talvez que tenha no fundo se esquecido de tudo foi o que disseram à nossa mãe as enfermeiras talvez fosse trabalhoso receber todo domingo aquele casal que chegava tentando aparentar naturalidade e saia cabisbaixo sem sequer olhar para trás para a janela de onde dois longos olhares os perseguiam em fogo

então era mais fácil mentir

que nada consegue dar conta é que o olhar que olha um dia se lembra daqueles vultos daquele caminhar não só se lembra como se percebe lembrando de tudo que poderia ter sido quando vê os dois caminhando rumo ao carro pela alameda do hospital não compreende porque a deixam ali ao lado de estranhos

nossa irmã sem saber perguntar pedir explicar-se cala-se para melhor tentar entender o que foi que afinal deu erra-

do como foi parar ali por que não pode sair com eles voltar
ao seu quarto às suas coisas voltar a morar na grande casa
amarela de tantas varandas coloridas almoçar junto com
todos os seus irmãos ouvir as histórias que sua mãe contava
passando os dedos entre seus cabelos longos prestar aten-
ção nas conversas dos homens?
nada consegue mesmo registrar ninguém conseguiu cap-
tar em que momento naqueles longos anos de sua longa
vida ela começa a gostar de ficar sentada lembrando de
tudo que viveu inteiramente presente em si mesma enquanto vai trazendo com toda a delicadeza cada uma das
recordações um canto da casa as redes da varanda menor
que dava para o mar o porão onde passava grande parte do
seu tempo o quarto das bonecas tantas eram as bonecas
que todas as irmãs juntas tinham bonecas que ficaram para
trás o som do piano da sala de visitas as sombras e a luminosidade que os vitrais desenhavam pela outra varanda a
cercada do verde das árvores de onde também se avistava o
mar a enorme copa toda envidraçada gostosa de jantar nas
tardes de chuva de um verde tão pálido
da chuva escorrendo na transparência dos vidros dos galhos da nespereira que se debatiam loucos no meio da
tempestade um beiral de janela das janelas altas que se
abriam de par em par iluminando tudo até mesmo o porão
da luminosidade mais intensa

ou das andorinhas que moravam no forro da casa saindo em bandos nas manhãs do verão rumo ao morro da
Boa Vista da cor da água da temperatura da rua Onze de
Junho de suas casas ajardinadas de Clark Gable passando
na calçada de sua casa vindo da praia como uma aparição saída do filme uma inacreditável aparição na tarde
modorrenta

mentir quem terá mentido que nossa irmã nunca mais
voltou a ser o que era que nunca mais recobrou a consciência para se saber mulher feita que perambulava pelos
corredores andando bem rente às paredes olhando olhando olhando tudo incansavelmente sem nada reconhecer
nem ninguém

quem poderia afirmar o que ela reconhecia ou não do que
ela se lembrava ou não se de há muitos anos ninguém mais
lhe dirigia a palavra?

se o único sinal de que pensavam nela era o cheque que
chegava pontualmente todo fim de mês eram os presentes
no natal e no dia de seus aniversário que alguém mandava
entregar

se pensavam todos que ela havia morrido em vida que não
sabia mais deles que era incapaz de amar gostar lembrar-se?

Ondina tapou os olhos com o sol
quem teria morrido?

então lembrou-se dela que há alguns anos não mais apare-
cia na hora da reza no terço da noite debaixo dos abacatei-
ros dela que estivera ao seu lado nos piores momentos para
que não estivesse só
por que e quando haviam se separado?

em sua última noite acordada Odete inventou o mar

depois calmamente vestiu seu primeiro vestido comprido
penteou seus cabelos pintou seus velhos lábios do batom
mais claro e se deitou para morrer
sabia que isso aconteceria porque estava cansada demais
para seguir vivendo estava farta de sentir saudades
e nessa quase morte que o sono traz pediu às corujas que
avisassem Ondina de sua partida para que ela tivesse tempo
de lhe acender uma vela para clarear o escuro de depois
para que sua irmã caçula a que só a havia visto uma vez na
casa de Campos de Jordão numa tarde quieta a que havia
herdado esse terror súbito e paralisante das coisas imagina-
das esse nó na garganta esse alheamento essa sonolência
essa letargia que agora teria que vir por inteira já que tinha
desistido soubesse que pensara nela que dirigira a ela seus
últimos lúcidos pensares
a irmã que herdara o poder de enxergar o que aos outros
não era dado conhecer o poder de sentir-se vidente de co-

nhecer as ameaças que os seres desconhecem em sua vida de normalidade a que sabia do escuro das sombras do outro lado das coisas a que conhecera as coisas em seu avesso as coisas todas em verso e reverso imprevisíveis distâncias a se comporem e solenemente decomporem

essas que convivem que se encontram em toda parte nos mortos que tememos que se recusam a morrer nos medos que nos cercam e dos quais não nos livramos Odete queria deixar sua pobre herança para a caçula para quando a dor da solidão maior a de não ser compreendida lhe chegasse posto que com certeza um dia lhe haveria de chegar

era tarde demais para tudo para qualquer coisa de há muitos anos que não via os lobos dentro do quarto ocultos do olhar tranqüilo das enfermeiras de há bastante tempo que sua cama não flutuava entre sargaços troncos águas podres das enchentes que as baratas não subiam em bandos pelas paredes andando pelo teto acima de seu leito derrapando caindo algumas sem quase perceber

fazia já tantos anos que os vidros da janela já não se partiam do nada no meio das noites mornas e no entanto na calma que tinha sido sua vida quando as visões se afastaram ela soube que as cores a textura espessa das tintas foram sua companhia que tornando-se cor cores súbitas podia fazer-

se próxima mais próxima do que teria sido se vivesse entre 85
todos os que lhe pertenciam por sangue e destino
e a quem ela de fato pertenceria se outros tivessem sido os
dados os séculos os desígnios

Odete morreu ao amanhecer quando o sol iluminava com
seus primeiros raios sonolentos a Biquinha clareando a
areia de sua praia de menina aquela que lhe fora trazida
numa daquelas noites imprevistas
seu pensamento derradeiro nem chegou a ser pensamento
foi uma imagem de quando era bem pequena que lhe chegava nessa hora como o maior dos presentes
era uma dessas manhãs encantadas em que o mundo boia-
va numa felicidade natural como chover fazer sol ela brincava no chão do jardim na ardósia fria entre as folhas secas
que o vento derrubava das enormes árvores do quintal brincava de prender e soltar as formigas quando percebia que
entravam em desespero por não saberem nadar
foi então que ouviu um ruído muito fraco quase imperceptível na nespereira era um sabiá que bicava uma fruta
madura
quando Odete olhou ele parou e voltou-se para ela curioso
como ela na mesma medida e contenção
olharam-se pois demoradamente

a manhã perdeu a conta de seu adiantado enquanto ambos
menina e pássaro se olhavam curiosos
depois retomaram cada qual a seu afazer

quando começou a sentir-se melhor quando passou a saber
quem era o que era fora o que era dentro o que devia temer
e o que podia desconhecer como os cães dentro do quarto
ela pensava às vezes na imensa delicadeza que estar viva lhe
trazia passou a medir o que lhe acontecia por padrões suaves
como as bicadas de um sabiá em qualquer fruta madura
será que essas bicadas faziam doer?
pôde perceber que faltava essa ligação tênue mas tão im-
prescindível entre ela mesma e as outras pessoas que a ro-
deavam sentiu falta do carinho de Ana e de sua mãe que já
tinham partido de seu pai que devia estar muito velhinho
falta das brincadeiras de suas irmãs que nunca mais havia
visto dos corrupios e cirandas das noites quentes em que
todos sentavam-se no de fora olhando lua e estrelas ouvindo como em murmúrios delicados o frágil ruído do mar
mas mesmo essa falta era desde sempre perdoada porque não
houvera nesse caso vítimas nem carrascos apenas a sina se-
creta do destino que a ninguém devia se explicar porque era
isso mesmo destino imprevisibilidade ausência de normas
ou porões escuros dos quais se devesse fugir fingir que não
existiam ou sucumbir

o resto já se sabe e foi o que nos contaram que o mar inven- 87
tado por nossa irmã era maior que o mar verdadeiro posto
que infinito posto que inacabado pelo advento adivinhado
da morte

era o mesmo barco verde já desbotado rente à água
estranhei que ele ainda existisse depois de toda uma vida
passada
lembrei-me então que ele já não existia desde que eu era
pequena
lembrei-me que virara engolido pelas ondas recordei-me
das meninas que gritavam por socorro enquanto iam se
afogando devagar soube que se espatifara todo nas pedras
da Ilha Porchat que dele só haviam restado umas poucas
madeiras que viriam dar na areia dias depois
e no entanto estava ali

revi o dia azul sem uma nuvem recordei-me havia até
tempo de se pensar que dias assim não eram dias para se
morrer enquanto elas se afogavam inapelavelmente
eram dias bons para se sair ao mar e voltar dele não para
ficar entre algas mariscos esteio de pontes escorregadios
pelo musgo madeiras podres do cais
nadei sem olhar para trás até sentir terra debaixo de mim

ele estava de novo à minha espera o barco naufragado no
qual eu me recusara a morrer
antes de embarcar olhei mais uma vez a noite haveria por
certo muito mais céu do que aquele que as estrelas coalha-
vam e que minha vista alcançava
quis esperar mais ouvindo o silêncio intenso de gentes
casas luzes longínquas da ilha sumida na bruma mas
tirando os sapatos caminhei muito devagar não porque
estivesse triste mas para sentir sob os pés entre os dedos a
areia fina de São Vicente muito fria aquela hora da noite
pela última vez
e entrei

era engraçado porque primeiro empurrei o barco para
dentro d'água depois remei um pouco sem fazer nenhuma
força era como um remar em sonhos um correr onde não
se cansa um cair de muito alto sem que nada aconteça sem
nenhum machucado
depois fui reparando que meu barco era levado pelas águas
e não conduzido por mim sendo desse modo deixei que os
remos se afundassem rápidos depois de boiar um pouco já
que não me serviam mais
a superfície da água se abriu para que eles entrassem abriu-se
como uma boca que engole bem depressa sem quase respirar
sôfrega

então fomos sempre em frente passando ao largo da baia
por onde nunca havia me atrevido em criança pela sombra
alta da ilha que se perdia na distância até que olhando uma
última vez para trás já não vi nenhuma luz
a Boa Vista sumira com todo o resto era mar demais à toda
volta mar imenso as curvas todas das praias se perdendo
em lonjuras impossíveis

deite-me então no comprido do barco e na imensa solidão
olhei estrela por estrela sem ouvir nenhum som como eu
fazia quando pequena escarrapachada no terreiro de café no
sítio ou no enorme gramado da casa de Campos do Jordão
seria muito longa a travessia para esse lugar nenhum que
me esperava mas eu não sentia cansaço nem medo percebia o oceano a me acolher para sempre mar mãe com
seus mistérios profundezas seus enormes abismos grutas
de diversas extensões e profundidades mar ameno mar
brutal
mãe que me abandonastes tanto
a quem perdôo e amo
aos peixes que a falta de luz cegou aos bichos que a essa
hora da madrugada andam rastejam espreitam de suas tocas
as primeiras claridades
coisas tão sem cor começo a compreender todo o porquê todos os porquês sem palavras já não precisando delas sabendo

que não poderei jamais voltar enquanto sinto que sou linha
divisória que me ponho no caminho de peixes e estrelas de
grandes peixes estrelas distantes abandonando prumo vestígios de minha existência me esqueço das palavras
das últimas pensadas e vividas

Ondina sentiu desejos de terra molhada desejos de caminhar entre os pés de café antes mesmo que a manhã raiasse
vontade de caminhar na escuridão para além dos terreiros
da tulha do gado no curral para além de currais e cercas
quis entrar mata adentro sozinha descalça desejando perfume de eucaliptos seguir caminhando e caminhar apenas
deixando sua vida para trás como uma roupa que se tira e
se atira pela janela porque já não servirá mais
o céu anda estrelado demais ela pensou foi então que viu
Odete passando no seu barco por sobre as árvores baixas
do café rumo ao horizonte que principiava a se tornar cor-
de-rosa
achou engraçado porque podia vê-la inteira pela transparência da madeira deitada com seu vestido florido e pare-
ceu-lhe que cantava
mas não pôde ter certeza
assim olhando para o alto nesse céu escuro em que sua
irmã começava a desaparecer soube como que iluminada
que o mundo era diverso enorme que as vidas eram muitas

em vários sons e tonalidades que de nada adiantava chorar
as tolices que nunca chegaríamos a compreender
que estava velha demais exausta demais de tanto pensar
sobre aquilo que não poderia conhecer

a terra estava fria naquele fim de noite mas Ondina não
resistiu e deitou-se
os passos de seu pai soaram fortes no chão de madeira
da velha casa rentes aos seus ouvidos o barco de Odete
aumentou ainda mais a altitude e ela soube que já não haveria volta para nada para nada do que acontecera na vida
de toda a família de cada um deles até mesmo para os que
viriam a seguir que alguma coisa com o nome de destino
seguiria brincando fazendo festa em horas improváveis
rompendo o firmamento como aquele barco decidido a
voar eternamente livre de qualquer amarra

não haveria como
todos dela haviam se partido em incansáveis distâncias
longe a vaca Laranja chamava

era hora de tirar o leite

sorriu resvalando carinhosamente a terra com seus lábios
preguiçosos espreguiçando-se inteiramente sonolenta

nunca havia percebido que a terra cheirava que a terra
também ela podia ser perfumada pensou correndo com as
duas mãos a superfície orvalhada
era hora também de passar o café
e no entanto
sorriu

se não haveria tempo para mais nada

COLEÇÃO PARALELOS

1. Rei de Carne e Osso
   Mosché Schamir
2. A Baleia Mareada
   Ephraim Kishon
3. Salvação
   Scholem Asch
4. Adaptação do Funcionário
   Ruam
   Mauro Chaves
5. Golias Injustiçado
   Ephraim Kishon
6. Equus
   Peter Shaffer
7. As Lendas do Povo Judeu
   Bin Gorion
8. A Fonte de Judá
   Bin Gorion
9. Deformação
   Vera Albers

10. Os Dias do Herói de Seu
    Rei
    Mosché Schamir
11. A Última Rebelião
    I. Opatoschu
12. Os Irmãos Aschkenazi
    Israel Joseph Singer
13. Almas em Fogo
    Elie Wiesel
14. Morangos com Chantilly
    Amália Zeitel
15. Satã em Gorai
    Isaac Bashevis Singer
16. O Golem
    Isaac Bashevis Singer
17. Contos de Amor
    Sch. I. Agnon

18. As Histórias do Rabi
    Nakhman
    Martin Buber
19. Trilogia das Buscas
    Carlos Frydman
20. Uma História Simples
    Sch. I. Agnon
21. A Lenda do Baal Schem
    Martin Buber
22. Anatol "On the Road"
    Nanci Fernandes e
    J. Guinsburg (orgs.)
23. O Legado de Renata
    Gabriel Bolaffi
24. Odete Inventa o Mar
    Sônia Machado de
    Azevedo

impresso em São Paulo, em maio de 2007,
nas oficinas da Gráfica Vida e Consciência,
para a Editora Perspectiva S.A.